Otto Schenk

Garantiert zum Lachen

Otto Schenk

Garantiert zum Lachen

Mit 52 Illustrationen von
Christoph Abrederis

Piper
München Zürich

ISBN 3-492-04536-7
8. Auflage 2004

Gesetzt aus der Baskerville
Druck und Bindung: Kösel, Kempten
Printed in Germany

Juwelen und Glücksspiele

Kein Vorwort

Es fängt ja schon damit an, daß man gar nicht weiß, woher ein Witz kommt. Ich kenne niemanden, der einen Witz erfunden hat. Ich kenne auch niemanden, der jemanden kennt, der einen Witz erfunden hat. Ein Witz erscheint wie ein Geist, ich würde sagen in zyklischen Abständen, und plötzlich grassiert er. Es ist sehr gefährlich, einen guten Witz zu erzählen in einer sogenannten lustigen Runde, man kriegt auf einen guten Witz mindestens sechs schlechte entgegengeschleudert. Schon während dem Witzerzählen merken Sie an den toten Gesichtern der Zuhörer, daß sie über den Witz, den sie erzählen wollen, grübelnd nachdenken. Wie viele Pointen wurden mir schon zertreten, in die mein Nachbar mit dem Ruf »Oder kennst du den?« hineingefahren ist.

In meiner Bibliothek gibt es zwei oder drei Regale, in denen Humorbücher untergebracht sind. Die Lektüre dieser Bücher würde mindestens einen Monat dauern.

Aber ich garantiere Ihnen, daß Sie, wenn Sie diesen Monat überhaupt überleben, kaum zwei-, dreimal zum Schmunzeln kämen. Ganze Stöße von Witzsammlungen entlocken nicht den geringsten Lacher. Das hat mich ermutigt, ein Buch zusammenzustellen mit allen Witzen, die bei meinem Erzählen schallende Lacher hervorgerufen haben.

Ich lebe davon, daß sehr viele Leute sich Witze nicht merken, solchen Glückspilzen kann man denselben Witz mindestens dreimal im Jahr erzählen. Doch selbst solchen Zuhörern kann ich keine schlechten Witze auftischen. Und am Ende dieses Unvorworts möchte ich noch feststellen, daß die guten Witze Juwelenwunder des Humors sind und hoffentlich von guten Erzählern weiter und weiter in verschiedenen Versionen und Kleidungen erzählt werden.

So, nun ist mir dieses Vorwort mißlungen, und jetzt hoffe ich, daß Ihnen das Lachen nicht im Halse steckenbleiben wird.
Humor kann man halt nicht erklären.

In einem überfüllten Lokal serviert der Wirt dem Gast ein Wiener Schnitzel und hält es mit beiden Daumen auf dem Teller fest.

»Geben Sie doch die Daumen von meinem Schnitzel!« schreit empört der Gast.

»Ja«, antwortet der überforderte Wirt, »daß es mir zum dritten Mal in den Dreck fallt!«

»Was schaust du so gut aus?«
»Das ist von der Ziegenmilch.«

»Ihr habt's eine Ziege?«

»Ja, wir haben eine Ziege.«

»Im Garten?«

»Wir haben keinen Garten, wir haben eine Ziege!«

»Wo habt's ihr die Ziege?«

»Wo werden wir die Ziege haben, zu Haus.«

»In der Wohnung? Was ißt die Ziege?«

»Was soll sie essen, Salat, Erdäpfel …, was wir halt essen. Die Ziege ist nicht heikel.«

»Na gut, aber wo schlaft die Ziege?«

»Wo soll sie schlafen, unter meinem Bett.«

»Na, aber der Gestank?«

»An den wird sie sich gewöhnen müssen.«

Wieder erzählt einer: »Neulich bin ich gegangen im Dschungel. Auf einmal vor mir ein Tiger, hinter mir ein Löwe, rechts ein Panther, links eine Hyäne. Von oben ein wütender Papagei, von unten ein Haifisch.«

Darauf der andere: »Entschuldige, ein Haifisch im Dschungel?«

Darauf der eine: »Genug Unglück ohne den Haifisch!«

ABB03

Noch einmal erzählt einer: »Neulich bin ich gegangen in der Wüste. Auf einmal hinter mir ein Löwe. Ich renn weg, der Löwe rutscht aus. Ich gewinn ein paar Meter. Der Löwe rutscht aus. Ich renn, ich spür schon seinen heißen Atem. Er holt aus mit der Pranke, rutscht aus, ich komm zu einer Palme, der Löwe rutscht aus, ich kletter auf die Palme und bin gerettet.«

Der andere atemlos zuhörend: »Entschuldige, wenn mir das passiert, ich schwör dir, ich scheiß mich an von unten bis oben.«

Darauf der eine: »Auf was, glaubst du, ist der Löwe ausgerutscht?«

Der schlechteste Schüler, der junge Moritz Kohn, besteht mit Ach und Krach nach einer Nachprüfung in Mathematik die Matura. Im Leben hat er mehr Glück. Wird wohlhabend, geradezu steinreich, und fährt einen Rolls Royce.

An einer Kreuzung bei Rot hält er an und entdeckt neben sich seinen alten Mathematikprofessor. Natürlich als Fußgänger, in einem alten, schon etwas schäbigen Mantel mit einem verdeptschten Hut. Der alte Professor erkennt seinen ehemaligen Schüler und ruft erstaunt aus:

»Kohn! Sie fahren einen Rolls Royce, Sie waren doch so eine Niete in Mathematik, wie kommen Sie zu so einem Wohlstand?«

»Schauen Sie, Herr Professor«, antwortet Kohn, »ich kauf alte Stahlknüppel um einen Schilling und verkauf sie um vier Schilling, und von die drei Prozent leb ich.«

Wovon lebst du?«

»Ich tu Fenster vermieten.«

»Fenster vermieten, was ist das?«

»No, wann ist zum Beispiel eine Parade, eine Krönung, eine Inthronisation von einem Bischof, ein Massenturnen, tu ich meine Fenster vermieten, und die Leute kommen und schauen.«

»Na, wo wohnst du denn?«

»In der Kleinen Schiffsgasse.«

»No, sei mir nicht bös, wann ist in der Kleinen Schiffsgasse eine Parade, eine Krönung, eine Inthronisation von einem Bischof oder ein Massenturnen?«

»Na, kannst dir vorstellen, wie ich leb.«

Manöver in Israel. Eine Brücke, darauf ein Transparent: »Brücke gesprengt.«

Die Beobachter-Kommission kontrolliert die Brücke von einem Hügel aus mit dem Feldstecher. Zu ihrem Erstaunen marschiert eine Truppe jetzt über diese Brücke, gleichfalls ein Transparent vor sich hintragend, darauf die Worte: »Wir schwimmen!«

In der frühen Hitler-Zeit betrachtet ein Jude in einer Buchhandlung einen Globus und fragt den Verkäufer: »Entschuldigen Sie, was sind diese vielen roten Flecken am ganzen Globus?«

Der Verkäufer: »Das ist das Britische Empire.«

»Und können Sie mir sagen«, fragt der Jude weiter, »was dieses große Grüne da ist?«

»Das ist die Sowjetunion«, antwortet der Verkäufer.

»Und das Violette, dieser große Fleck?«

»Das sind die Vereinigten Staaten von Amerika.«

»Und können Sie mir sagen, wo ist Deutschland?«

Der Verkäufer: »Kommen Sie etwas näher, schauen Sie hier, dieses kleine gelbe Fleckchen, hier in Europa.«

Darauf der Jude: »Aha! Sagen Sie, glauben Sie, hat der Hitler auch so einen Globus?«

In einem Dorfwirtshaus sitzen beim Wein der Mittelschullehrer, der Volksschullehrer und der Hilfsschullehrer. Es wird spät, und es wird viel getrunken. Dann steht der Mittelschullehrer auf und sagt: »Ich fahr jetzt nach Haus.«

»Du gib acht«, warnen ihn die anderen zwei, »es sollen heut scharfe Alkoholkontrollen sein.«

»Ja, ja, ich fahr schon vorsichtig«, beruhigt sie der Mittelschullehrer. Nach zehn Minuten kommt er zurück, wütend: »Weg ist er, der Führerschein, gleich bei der Auffahrt zur Autobahn.«

»Paß auf«, sagt der Volksschullehrer. »Ich werde dir zeigen, wie man's macht. Ich kenn Schleichwege. Da passiert mir sicher nichts.«

Nach weiteren zehn Minuten kommt auch der Volksschullehrer zurück. »Verflixt,

verflixt, die stehen heut überall, jetzt ist er auch weg, mein Führerschein.«

»Ja, dann werde ich auch nach Hause fahren«, meint der Hilfsschullehrer.

Die anderen höhnisch: »Du wirst bald wieder da sein.«

»Werden wir sehen.«

Nach zehn Minuten kommt er tatsächlich wieder herein.

»Also«, triumphieren die beiden anderen, »du bist auch deinen Führerschein los.«

»Im Gegenteil«, sagt der Hilfsschullehrer. »Ich bring euch eure beiden sogar wieder zurück.«

»Aber wieso denn?« fragen baß erstaunt die beiden.

»Alles meine Buben«, sagt der Hilfsschullehrer lächelnd.

In einer gefährlichen Bergwand hängen verzweifelt der Blau und der Grün am Seil und können weder hinauf noch hinunter.

Ein Rettungshubschrauber des Roten Kreuzes kommt in ihre Nähe, um sie zu bergen.

Sowie der Rote-Kreuz-Hubschrauber in Hörweite von Blau und Grün kommt, winkt Blau den Roten-Kreuz-Leuten zu mit den Worten: »Wir haben schon gegeben!«

Aus einem Alt-Wiener Tröpferlbad (so nannte man in Wien die öffentlichen Wannenbad-Anstalten) kommen der Blau und der Grün.

Der Grün ist ganz verzweifelt. »Meine Weste ist weg! So eine schöne Weste! Weg ist sie! In der Kabine war sie nicht, auf der Ankleidebank war sie nicht, auf der Erd war sie nicht. Weg ist sie! So eine schöne Weste, so leicht wie ein Flaum.«

Nach vierzehn Tagen gehen die beiden wieder ins Tröpferlbad. Beim Hinausgehen sagt der Grün ganz selig zum Blau: »Was sagst du, ich hab die Weste wiedergefunden.«

»Wo war sie?« fragt der Blau.

Darauf der Grün: »Unterm Hemd hab ich sie angehabt.«

»Was bist du so traurig?«

»Vor vierzehn Tagen ist eine Tante von mir gestorben. Hat mir vermacht Aktien. Ein Konto in der Schweiz und ein schönes Haus. Eine Villa am Semmering.«

»Na, das ist doch gut.«

»Und vorige Woche stirbt ein Onkel in Amerika, ich hab ihn gar nicht persönlich gekannt, vermacht mir eine halbe Million Dollar und eine Hazienda in Südamerika.«

»Was sagst du, das ist doch wunderbar!«

»Und diese Woche. Wie abgerissen!«

Im Jahr 1933 hängt da ein großes Plakat, das einen siegfriedhaften Blondkopf zeigt, mit der großen Aufschrift: »Ein Deutscher lügt nicht!«

Davor steht ein alter Jude, betrachtet kritisch das NS-Plakat und murmelt vor sich hin: »Ein Deutscher lügt nicht. Auch ein Prozentsatz bei 90 Millionen.«

In einer Standseilbahn sitzt ein junger Mann, eine junge Dame ihm gegenüber und in der Ecke ein alter Jude.

Bevor die Standseilbahn sich in Bewegung setzt, fragt die junge Dame den jungen Herren: »Verzeihen Sie bitte, was geschieht eigentlich, wenn das Seil reißt?«

Worauf der höfliche junge Mann ganz eifrig antwortet: »Liebes gnädiges Fräulein, da besteht keinerlei Gefahr, das Seil ist auf das Zehnfache des Gewichts der Gondel geprüft und wird jede Woche kommissioniert, und außerdem gibt es noch das Reserveseil.«

»Und wenn das auch reißt?« fragt die junge Dame.

Der junge Mann beruhigend: »Das wird ja nie beansprucht, ebenfalls wöchentlich kommissioniert und auch aufs Zehnfache des Gewichtes der Gondel geprüft, und draußen steht noch dazu der Schaffner mit

einer Hand an der Handbremse, die er notfalls nur zweimal zudrehen muß und der Wagen würde stehenbleiben.«

»Ja, aber diese Bremse könnte doch auch versagen«, wendet die Dame ein.

Der junge Herr schon etwas ungeduldig: »Das Seil aufs Zehnfache geprüft ..., das Reserveseil nie beansprucht ... und ebenfalls geprüft, die Bremsen wöchentlich kommissioniert ..., der Schaffner kein Trottel. Und außerdem gibt es noch vorschriftsmäßig die automatische Bremsvorrichtung, die sich, wie schon der Name sagt, automatisch in Betrieb setzen würde. Keine zwei Meter würde der Wagen zurückrollen.«

»Ja, aber«, insistiert die Dame, »die könnte ja auch theoretisch versagen.«

Der junge Mann hat bereits einen roten Kopf, er zischt nur mehr die Sätze heraus: »Das Seil, das Reserveseil, der Schaffner ..., die automatische ..., alles – kommis, ... und dann ... gibt es so Noppen beim Hinunter ... nach jedem Meter eine Noppe, schiebt unter die Radln, Noppe für Noppe, und der Wagen steht.«

»Und wenn diese Noppen auch nicht funktionieren?«

Der junge Mann: »Dann, dann liebe gnädige Frau, können Sie mich im Arsch lecken.«

Worauf der alte Jude in der Ecke: »Mich schon seit dem Reserveseil.«

In der Ecke einer Schulklasse hat ein Schüler seine kleine Notdurft verrichtet. Der Lehrer, ein Anhänger der antiautoritären Erziehung, ruft die Klasse zusammen und beginnt: »Meine lieben Freunde, ich schlage vor, wir schließen alle die Augen und zählen langsam bis Hundert. Diese Zeit wird genügen, daß der Betreffende die Ecke reinigt, an die Tafel geht, ohne Namensnennung seine Entschuldigung an die Tafel schreibt, ein paar entschuldigende Worte werden ihm schon einfallen, und sich auf seinen Platz begibt.«

Die Schüler beginnen: »Eins, zwei, drei, vier ...«, man hört einige Schritte, man hört ein Schreiben auf der Tafel, man hört wieder einige Schritte. »... achtundneunzig, neunundneunzig, hundert.«

Auf dem Podium eine Riesenlacke und auf der Tafel die Worte: »Jetzt hat der unbekannte Pischer zum zweiten Male zugeschlagen.«

Der Blau und der Grün sitzen im Theater. Knapp bevor der Vorhang aufgeht – es wird schon dunkel im Zuschauerraum – sagt der Blau zum Grün: »Du, ich muß noch einmal auf die Toilette.«

Der Grün: »Das kannst du nicht, es fängt gleich an.«

Der Blau: »Ich halt nicht durch, es geht nicht anders.« Mit umständlichen Entschuldigungen stolpert er an den Nachbarn vorbei schnell aus dem Zuschauerraum, biegt um die Ecke, reißt eine Tür auf, es ist dunkel, reißt noch eine Tür daneben auf, drinnen steht eine große, weiße Vase. In seiner Not denkt er: »Hol's der Teufel!« Und erledigt sein Geschäft in diese Vase. Erleichtert kehrt er zurück in den Zuschauerraum, stolpert wieder über verschiedene Menschen und fragt den Grün: »Hab ich viel versäumt?«

»Eigentlich nicht«, antwortet der. »Zuerst war die kurze Szene mit dem König. Dann bist eh schon du gekommen und hast in die Vase geschissen.«

Vor dem Urlaub im Sommer läßt sich der Herr Meier die Haare schneiden. Der Friseur, ein großer Plauderer vor dem Herrn, fragt ihn: »Wo fahren's denn heuer hin, im Sommer?«

Der Meier antwortet: »Na ja, erst nach Venedig.«

»Oje«, sagt der Friseur, »scheußlich Venedig. Die Kanäle stinken. Die engen Gasseln. Die Leut stessen Sie herum, scheußlich, scheußlich. Und dann?«

»Und dann fahren wir nach Florenz.«

»Scheußlich, im Sommer eine Hitze. Die steinernen Paläste glühn wie Ofen, scheußlich, und dann?«

»Wir wollen dann nach Rom.«

»Scheußlich, oje. Das Auto steht nur fünf Minuten irgendwo, weg ist es. Gehen's zum Papst auch?«

»Ja, wir haben eine Audienz.«

»Audienz beim Papst, scheußlich, scheußlich, ein Riesensaal, der Heilige Vater ganz klein vorne, reißt irgendeinen Servas, eine Bewegung, die Sie gar nicht erkennen, und ist schon draußen. Scheußlich.«

Nach den Ferien läßt sich der Meier wieder die Haare schneiden. Fragt ihn der Friseur: »Na, waren Sie in Venedig?«

»Ja«, erwidert Meier, »und es war wunderschön, die Kanäle voll herrlicher Meeresluft, in den Nebengassen waren wir zwei oft allein, eine herrliche Stadt!«

»In Florenz waren Sie auch?«

»Ja, in Fiesole haben wir gewohnt mit einem herrlichen Ausblick. Am Abend war es fast kühl, jedenfalls sehr erfrischend.«

»Und dann sind Sie nach Rom?«

»Ja, stellen Sie sich vor, wir haben das Auto vergessen abzusperren. Kamera, Gepäck, die Tasche mit Geld und allen Dokumenten drinnen, nichts hat gefehlt, und wir sind wieder eingestiegen und weitergefahren und das nach zwei Stunden.«

»Und beim Papst waren's auch demnach?«

»Ja, in Audienz. Ein kleiner Saal, der

Heilige Vater direkt vor mir, ich hab mich niedergekniet, und er hat mir die Hand aufgelegt. Die Hand hat er mir aufgelegt.«

»Aber! Und hat er was g'sagt, hat er mit Ihnen gesprochen?«

»Ja, er hat mir was gesagt.«

»Was denn?«

»Indem er mir die Hand aufgelegt hat, aufs Haupt, sagte er: Wer hat Ihnen denn so scheußlich die Haar g'schnitten?«

Zwei Nullen gehen in der Wüste und treffen zwei Achter.

Sagt die eine Null zu der anderen Null: »Schau dir die Funzen an! Bei der Hitz! Ein Gürtel!«

Eine Nonne trifft eine ehemalige Schulkollegin, die trägt einen großen Solitär am Finger. Die Nonne ist ganz begeistert und sagt: »Du hast aber einen schönen Stein da.«

«Ja«, sagt die Freundin, »das war in Pörtschach, ein Wochenende mit einem entzückenden Burschen, ich weiß gar nicht mehr, wie er geheißen hat, und der hat mir den Ring geschenkt.« Dann zieht sie sich ihren Zobelpelz an.

Die Nonne: »Jö, das ist ja ein Zobel!«

»Ja«, sagt die Freundin, »ein Russe. Ein gewisser Iwan. In Petersburg haben wir uns kennengelernt. Weiße Nächte ... wunderschön, und beim Heimfahren hat er mir den Pelz umgehängt und gesagt: Du sollst haben Freude. Ein lieber Kerl, der Iwan.«

Dann steigt sie in einen Lamborghini, die Nonne erschrickt geradezu. »Das ist ja ein Lamborghini, wenn ich mich nicht irre!« ruft sie erstaunt aus.

»Vom Fred, der war mit mir mit diesem

Wagen auf Europatrip, drei Wochen lang. Nachher hat er gesagt: Take the car, Baby.«

Darauf verabschieden sich die beiden, die Nonne fährt nach Hause. Zu Haus trifft sie den Pfarrer, der sie anlächelt und ihr zuzwinkt mit einem netten »Servus«. Worauf die Nonne pikiert sagt: »Du paß auf, du schleichst dich jetzt mit deine Mannerschnitten.«

In New York stehen zwei Emigranten vor einem Geflügelladen. In der Auslage eine wunderbare gebratene Ente. »Ich möcht gern wissen, was die kostet«, sagt der eine zum anderen. »Geh hinein und frag.«

»Ich kann kein Englisch.«

»Laß mich machen, ich geh hinein.« Er geht hinein, stellt sich vor den Verkäufer und zeigt auf die Auslage und sagt: »Quack, quack«, und reibt den Zeigefinger gegen den Daumen.

Der Verkäufer zuckt mit den Achseln. Noch einmal »Quack, quack« und das Zwirbeln mit den Fingern. »Quack, quack.«

Der Verkäufer in fließendem Deutsch mit leichtem Akzent: »Sagen Sie, was wollen Sie?«

Worauf unser Emigrant: »Sie können Deutsch! Laßt er mich Englisch reden.«

Wovon lebt dein Sohn?«

»Mein Sohn ist ein Dichter.«

»Was ist ein Dichter?«

»Ein Dichter macht Verse.«

»Was ist ein Vers?«

»Zum Beispiel: Die Kuh steht im Stall, und ich laß an Prall.«

»Und davon lebt dein Sohn?«

Ein Junggeselle im Parterre denkt sich: »Ich hab so einen Gusto auf ein Erdäpfelgulasch. Ich könnte eigentlich in den vierten Stock hinaufgehen zur Frau Zapletal, das ist eine liebenswürdige, feine Frau, und der könnte ich sagen: Liebe gnädige Frau Zapletal, könnten Sie mir nicht ein paar Erdäpfel borgen, ich möchte mir nämlich gerne ein Erdäpfelgulasch kochen.«

Er kommt in den ersten Stock, da denkt er sich: »Sie ist ja eine feine Frau, aber gar so hündisch muß ich auch nicht sein, was brauch ich denn sagen, liebe gnädige Frau, es genügt ja, wenn ich sag: Frau Zapledal, können Sie mir nicht ein paar Erdäpfel borgen, ich möcht mir ein Erdäpfelgulasch kochen.«

Im zweiten Stock denkt er sich: »Sie ist ja ganz nett, aber manchmal schnippisch. Ich sag

einfach: Können Sie mir ein paar Erdäpfel borgen, ich möchte mir ein Erdäpfelgulasch kochen.«

Kommt in den dritten Stock: »Was geht die Funzen an, zu wos ich die Erdäpfel brauch. Ich wer einfach sagen: Können Sie mir ein paar Erdäpfel borgen? Aus.«

Er kommt in den vierten Stock, läutet an bei der Frau Zapletal, sie öffnet die Tür, und bevor sie noch irgend etwas sagen kann, sagt er: »Wissen's was, ich scheiß auf ihre Erdäpfel.«

In einem Internat wird viel onaniert. Der Lehrer, ein aufgeklärter Mann, will mit seinen Schülern darüber sprechen.

»Liebe Burschen, wir wollen heute über dieses Übel diskutieren. Ihr wißt, wovon ich spreche, von der Selbstbefriedigung. Also, wer es noch nicht getan hat, soll rechts heraustreten, und wer es schon getan hat, links. Die meisten Schüler treten links hinaus aus den Bänken, einige rechts, nur der kleine Moritz bleibt sitzen.

Darauf der Lehrer: »Was ist denn mit dir, Moritz?«

Worauf der kleine Moritz: »Was soll ich machen, Herr Lehrer? Ich fick schon a bissl.«

Ein ganz berühmter Schmuggler geht jeden Tag mit einer leeren Schubkarre über die Grenze. Der wachhabende Beamte, der den Ruf des Schmugglers kennt, durchsucht seinen Rucksack und seine Taschen. Später läßt er auch eine Leibesvisitation über den Schmuggler ergehen. Besteht auf einem Röntgen seines Magens. Nichts ist zu finden, alles vergebens. Jeden Tag geht der Schmuggler mit seiner leeren Schubkarre über die Grenze. Das reine Unschuldslamm.

Nach vielen Jahren geht der Zollbeamte in den verdienten Ruhestand, und im Wirtshaus trifft er durch Zufall den berüchtigten Schmuggler. »Sag einmal«, sagt er nach dem dritten Schnaps, »was hast du immer geschmuggelt? Ich bin im Ruhestand, ich versprech dir, ich tu dir nichts, ich zeig dich nicht an, ich möcht's nur wissen, sonst find ich keine Ruhe mehr. Was hast du geschmuggelt?«

»Schubkarren«, antwortet kurz und bündig der Schmuggler.

Der kleine Pepi kommt nach Haus, sehr spät, voller verschmiertem Lippenstift. Der Vater fragt ihn entsetzt: »Wo warst denn?«

»Im Prater, Papa.«

»Na und?«

»Da war so eine liebe Frau, die hat gesagt: Kommst mit, Burschi. Na, bin ich mitg'angen. In der Wohnung dann hat's g'sagt: Burschi ist dir nicht heiß? Na, mir war auch wirklich warm, so habe ich mich halt aus'zogen. Dann hat's g'sagt: Bist nicht müd Burschi? Willst dich nicht in mein Bett legen? Na ich war ja wirklich müd, so habe ich mich ins große Bett gelegt. Darauf sagt sie: Soll ich mich nicht auch ausziehen und zu dir ins Bett kommen? Hab ich mir denkt, warum nicht, ist ja ein großes Bett. Hat sie sich halt ausgezogen und ist zu mir ins Bett gekommen, war ja auch ein großes Bett.«

Der entsetzte Vater: »Na und was war dann?«

Der Pepi: »Ja, wie das heißt, weiß ich nicht. Aber das wird mein Hobby!«

Drei Arbeiter sitzen auf einer Bank. Plötzlich erscheint eine Fee. »Habt ihr Leiden, meine Söhne, ich kann euch heilen«, sagt sie. Darauf sagt der erste: »Ich arbeit' am Presslufthammer, mein Gehör kannst vergessen!« Die Fee berührt sein Ohr, und er hört wieder wunderbar. Der zweite sagt: »Ich hab's im Kreuz, ich hab einen Bandscheibenvorfall.« Sie berührt ihn am Kreuz, und die Wirbelsäule ist die eines Jugendlichen. Dann wendet sie sich zum Dritten, bevor sie noch die heilende Hand erhebt, jammert der: »Liebe Frau Fee, mi' rühren's net an, ich bin im Krankenstand!«

In der Fifth Avenue in New York geht einer zum Zahnarzt.

»Herr Doktor«, fragt er, »was kostet bei Ihnen ein Gebiß?«

»Zwanzigtausend Dollar«, ist die prompte Antwort.

»Um Gottes willen!«

»Erschrecken Sie nicht«, tröstet der Doktor, »in unserem Block sind lauter Zahnärzte, vielleicht macht's Ihnen einer billiger.«

Der Patient geht zum nächsten Zahnarzt im Block und fragt wieder: »Herr Doktor, was kostet bei Ihnen ein Gebiß?«

»Mit fünfzehntausend Dollar müssen Sie schon rechnen«, antwortet der neue Arzt.

»Was sind das für Preise! Das geht über alles, was ich mir vorgestellt habe.«

»Ich werde Ihnen was sagen«, beruhigt ihn der Arzt, »fahren Sie in die Lower East Side. Dort gibt es einen gewissen Dr. Katz. Der macht die billigsten Gebisse in ganz Manhattan.«

Unser Patient fährt in die Lower East Side, findet die Ordination vom Dr. Katz. Eine Ordination nicht viel größer als ein Telefonhäusl. In der Ecke sitzt in einem schmuddeligen weißen Mantel der besagte Dr. Katz.

»Entschuldigen Sie, Herr Doktor, ich wollte nur fragen, was kostet bei Ihnen ein Gebiß?«

»Siebenhundert Dollar«, antwortet Dr. Katz.

»Siebenhundert Dollar? Sagen Sie, Herr Doktor, und das ist ein gutes Gebiß?«

»Hören Sie zu lieber Freund«, sagt der Doktor Katz. »Sie brauchen die Katz nicht im Sack zu kaufen. Fragen Sie in der Umgebung, die meisten Leute haben meine Gebisse. Kommen Sie zurück, wenn Sie wollen, wenn Sie nicht wollen, lassen Sie's bleiben.«

Unser zweifelnder Patient sieht sich in der Umgebung um, und in einem kleinen Park sitzt auf der Bank ein alter Jude und memmelt mit sichtlicher Mühe an einem Sandwich herum.

»Entschuldigen Sie vielmals«, fragt zögernd unser Patient, »haben Sie vielleicht dritte Zähne?«

Der alte Jude blickt erstaunt auf und sagt mit einiger Mühe (der Pastrami-Sandwichbissen ist noch nicht ganz schluckbereit zerkleinert): »Was haben Sie geglaubt?«

»Dann haben Sie vielleicht ein Gebiß vom Dr. Katz?«

»Fast alle Leute in meinem Alter in der Umgebung haben Gebisse vom Dr. Katz.«

»Und ist das ein gutes Gebiß?«

»Da werde ich Ihnen eine kurze Geschichte erzählen: Wir kommen aus Odessa. Wie durch ein Wunder haben wir den Krieg überlebt. Eine Flucht nach der anderen. Aber nach dem Krieg ... die Russen! Was soll ich Ihnen sagen ... ein Antisemitismus in dem Rußland! Wir haben uns bemüht um ein Visum nach

Israel, meine Rebecca und ich. Endlich hat's geklappt. Aber Israel ... sie haben uns gesteckt in einen Kibbuz. Ich war doch nichts für einen Kibbuz. Meine Rebecca schon gar nicht. Nach ein paar Jahren sag ich zu ihr: Rebeccaleben, ich schreib dem Onkel Samy nach New York, er soll uns schicken Flugkarten oder Schiffskarten, von mir aus dritter Klasse, Zwischendeck. Wir wandern aus. In das Land der großen Möglichkeiten.

Er hat geschickt, und da sind wir. Im Land der großen Möglichkeiten. Nebbich. Lower East Side, was brauch ich Ihnen erzählen. Wir haben gelebt vom Gurkenverkauf, von allem Möglichen. Mein Sohn ist geworden für unser letztes Geld ein Lawyer. Ein Lawyer in der Lower East Side. Kein Honiglecken.

Meine Tochter kommt eines Tages nach Hause und heiratet einen Goi, einen Christen. Meiner Rebecca ist eine Welt zusammengestürzt. Der erste Goi in unserer Familie! Die jungen Leute haben bei uns gewohnt, wir haben gestritten in der Früh, wir haben gestritten zu Mittag, wir haben gestritten am Abend. Dann sind sie ausgezogen. Nach Los Angeles. Wir haben nicht geschrieben, sie haben nicht geschrieben. Eine traurige Zeit. Nach zehn Jahren kommt ein Telegramm, ein Sohn ist geboren.

Rebecca, ein Sohn! sag ich. Wir müssen hin nach Los Angeles.

Das ist kein Sohn, schreit mich die Rebecca an. Das ist ein Goi! Du kannst ja hin, ich pack dir den Koffer, erzähl mir dann. Ich fahr nicht hin.

Ich nehm den Koffer, fahr nach Los Angeles, die beste Adresse. Komm an zu dem Haus. Trau meinen Augen nicht. Ein wunderschönes Haus, offen, nicht abgesperrt. Niemand da. Ich gehe hinein in die Zimmer. Was soll ich sagen Zimmer? Gemächer! Ich geh durchs Haus in den Garten. Ein Garten? Ein Park! Ein Swimmingpool so groß wie ein Teich. Heiß war's. Kein Wunder, eine Stunde so neben der Wüste. Ich denk mir, die Rebecca hat mir doch sicher keine Schwimmhosen eingepackt. Aber es ist ja niemand da. Also zieh ich mich aus, ganz nackt, und steig in den Swimmingpool. Eine Erlösung.

Plötzlich kommt von der anderen Seiten vom Garten ein schönes junges Mädel daher. Eine wunderschöne Person. Ich geniere mich in meiner Ecken im Schwimmingpool, sie aber, ganz freundlich, fragt mich: Stört es Sie, wenn ich auch schwimme?

Ist nicht mein Swimmingpool, sag ich und verdeck mit den Händen, was ich kann.

Sie zieht sich aus. Komplett nackt. Stellt sich auf das Trampolin. Hebt die Arme. Brüste, sag ich Ihnen, die gönn ich meinem besten Freund nicht! Sie macht einen Kopfsprung, taucht durch das ganze Bassin, taucht vor mir auf, lacht mich an und greift mir von unten in mein Geschäft.

Und das war der einzige Moment, wo mir das Gebiß von dem Katz nicht wehgetan hat.«

Zu den striktesten Speisevorschriften der Juden gehört das Schweinefleischverbot. Der Grün geht in einen Fleischerladen, zeigt auf den Schinken und sagt: »Geben Sie mir zehn Deka von dem Fisch.«

Der verdutzte Fleischer sagt: »Aber das ist doch ein Schinken.«

Darauf der Grün empört: »Hab ich Sie um den Namen gefragt?«

Bei einem Museumsbesuch bleibt ein einfaches jüdisches Ehepaar vor dem Bild der Heiligen Familie des Tizian stehen. »Schau dir das an«, sagt der Mann zu seiner Frau. »Ein armer Teufel. In einem Stall leben sie. Das Kind hat keine Windeln, liegt auf einem nassen Stroh in einer Krippe. Ein Ochs und ein Esel sind auch noch da. Die Mutter hat nichts Gescheites zum Anziehen, er hat einen schäbigen, zerrissenen Mantel. Von oben regnet's herein. Stinkarme Leut. Aber von Tizian sich malen lassen!«

Eine Prostituierte geht zum Pfarrer und sagt: »Hochwürden, ich hab einen jungen Mann kennengelernt, der liebt mich und will mich heiraten. Ich möchte alles aufgeben und anständig werden. Ich bin rasend verliebt, was soll ich machen?«

Der Pfarrer beschwört sie, »mein liebes Kind, es gibt nur eines, Ehrlichkeit, vollkommene Ehrlichkeit. Du mußt ihm alles sagen, denn wenn er es später erfährt, kommst du in die größten Schwierigkeiten. Wenn er dich liebt, dann ist alles ohnehin in Ordnung, wenn nicht, ist es besser, wenn die Ehe nicht zustandekommt. Also, wie willst du anfangen?«

Darauf beginnt das Mädel zaghaft: »Also, ich bin in Rumänien geboren ... «, der Pfarrer unterbricht: »Liebes Kind, das darfst du ihm auf gar keinen Fall sagen.« Hier endet diese traurige Geschichte.

Nie fragst du, wie es mir geht! Nie fragst du, wie es mir geht!«

»Na, wie geht es dir?«

»Frag mich nicht.«

Der Blau schwärmt: »Ich wünsch mir a Schloß, mit einem Gemach, mit einem Park voller Boschetten. Voller Spritzbrunnen mit Orangerien und Terrassen.«

»Wenn du hast so ein Schloß«, sagt der Grün, »lad mich ein jede Wochen.«

»Ich denk nicht daran«, sagt der Blau.

»Also gut: Einmal im Monat lad mich wenigstens ein.«

»Ich werd dich auch nicht einmal im Monat einladen.«

»Entschuldige, aber zu meinem Geburtstag wirst du mich doch wohl einladen.«

»Nein. Wünsch dir selber a Schloß.«

Ich hab gehört, bei euch hat's vorige Woche gebrannt.«

»Pst! Erst nächste Woche.«

Einer erzählt: »Neulich bin ich gegangen am Nordpol, auf einmal steht hinter mir ein Eisbär.

Ich renn, der Eisbär hinter mir drein. Ich renn und renn, der Eisbär kommt immer näher. Mit letzter Kraft klettere ich auf die nächste Palme und bin gerettet.«

Sagt der andere zweifelnd: »Entschuldige, eine Palme am Nordpol?«, darauf der eine: »Na gut, aber was hätte ich machen sollen.«

Im Hause Kohn wird Nachwuchs erwartet. Der Vater geht zum kleinen Moritz und fragt ihn liebevoll: »Der Klapperstorch wird dir bald was bringen, Moritzl. Möchst du ein Brüderchen oder ein Schwesterl?«

Der kleine Moritz nach kurzem Überlegen: »Wenn's die Mamme nicht zu sehr strapaziert, hätt ich lieber a Schaukelpferd.«

Zwei total Besoffene torkeln über eine Brücke. Sagt der eine zum anderen: »Du, mir ist so fad, was machen wir?«

»Ich hab eine Idee. Wir zählen bis drei, dann speiben wir gemeinsam über das Brückengeländer.«

Gesagt, getan. Aber es speibt nur der eine, während der andere zuschaut. Nachdem er endlich fertig ist, sagt er beleidigt und erschöpft: »Sag einmal, wir haben doch ausg'macht, wir machen das gemeinsam, und du laßt mich da allein arbeiten.«

»Ich hab umdisponiert«, sagt der andere, »ich hab mich angeschissen.«

Den Wiener Walzer kann man eigentlich nicht dirigieren, den muß jeder einzelne Musiker im Blut haben. Sonst kann der Dirigent fuchteln, was er will, sonst kommt das nicht zustande, was man einen Wiener Walzer nennt.

Die japanischen Orchester zum Beispiel, technisch ausgezeichnete Musiker, spielen den Wiener Walzer so, wie er in den Noten aufgeschrieben ist: Eins, zwei, drei. Eins, zwei, drei.

Der Dirigent Loibner sagte einmal zu so einem japanischen Orchester: »Gentlemen, you always play the Viennese Waltz one, two, three, one, two, three, but the Viennese Waltz goes so: one, two ... and perhaps three.«

Lange erläuternde Geschichten, wie Musik gespielt gehört, nützen bei einem Orchester oft weniger als ein paar prägnante Worte. Manchmal übersetzen die Musiker die langen Geschichten auch in ihre Sprache. Dazu ein Beispiel. Ein junger Dirigent probiert Debussy. Er unterbricht an einer Stelle und beginnt: »Meine Herren, diese Stelle wünsche ich mir ... denken Sie an die Impressionisten ... noch besser an die Pointilisten ... silbrig ... es muß ein frischer Frühlingswind durch den Saal flirren. Ich könnte mir die Stelle viel oszillierender vorstellen. Das Zittern von Insekten ... Schneeflocken im nebeligen Mondlicht ... verstehen Sie mich, meine Herren?« Worauf der Konzertmeister zu seinem Nachbarn sagt: »Leiser will er's.«

Dirigieren gehört zu den schwersten Dingen. Der Laie macht sich da überhaupt keinen Begriff. So ein Dirigent muß schon mit der ersten Bewegung, dem sogenannten Auftakt, das richtige Tempo, die richtige Farbe, die richtige Intensität des Musikstücks fordern. So ein Auftakt ist ja quasi die Defloration der Stille.

Wilhelm Furtwängler, vielleicht einer der genialsten Dirigenten aller Zeiten, hatte so einen phänomenalen Auftakt. Wie ein eckiger Blitz fuhr seine Rechte mit dem Stab durch die Luft.

Das war bei aller Genialität nicht sehr deutlich für die Musiker. Und so fragte einmal ein Wiener Philharmoniker einen Kollegen von den Berliner Philharmonikern:

»Sagt's einmal, wie kennt's ihr euch da aus mit dem Auftakt von dem Furtwängler. Wann setzt's ihr da ein?«

Darauf der Berliner Kollege: »Das ist ganz einfach. Wenn Furtwängler in einem

Winkel von fünfundvierzig Grad mit dem Stab das Pult schneidet, in dem Augenblick exakt setzen wir ein. Wie ist das bei euch in Wien?«

Darauf der Wiener: »Na ja, wann's uns zu blöd wird, fang 'ma an.«

Otto Ackermann war das, was man einen genialen Kapellmeister nennt, und vor allem war er durch nichts aus der Ruhe zu bringen.

Einmal bei einer Probe stand er vor dem Orchester, schlug unerbittlich den Takt, alles ging durcheinander, jeder spielte schon, was er wollte. Er aber, nicht eine Sekunde vom Taktschlagen ablassend, rief den Musikern nur zu: »Nicht auf mich schauen, meine Herren, ich bin auch draußen!«

Die alte Königin Wilhelmine von Holland war nicht mehr ganz Herrin ihrer Körperfunktionen, und das ergab manchmal auch in der Öffentlichkeit bei Empfängen nur allzu bekannte Geräusche. Bei einem solchen Empfang saß sie zusammen mit den Gesandten des Britischen Empire, dem französischen Gesandten und dem Gesandten des Deutschen Reiches. In einer Pause passierte es wieder, noch dazu erstaunlich laut. Darauf sagte sofort entschuldigend der englische Gesandte: »I beg you pardon, I am so sorry.«

Nach einiger Zeit ließ die alte Dame wieder etwas von sich hören, worauf der Franzose: »Excusez-moi, je le regrette beaucoup«, murmelte, und legte sogar die Hand aufs Herz. Als das bekannte Geräusch von seiten Ihrer Majestät zum dritten Mal durch den Saal schwirrte, springt der deutsche Gesandte auf, schlägt die Hacken zusammen, salutiert und schnarrt im Meldeton: »Den und die folgenden fünf übernimmt die deutsche Reichsregierung!«

Auf der Bühne ist es für die Schauspieler oft nicht leicht, sich zu konzentrieren. Besonders, wenn etwas Unvorhergesehenes passiert. Da fangen sie dann unkontrolliert zu lachen an, ähnlich wie in der Schule, wenn es besonders verboten war, oder bei einem Begräbnis, wo es besonders peinlich ist. Es gibt Fälle, wo das fast unvermeidlich ist. In Ödön von Horvaths Stück »Der jüngste Tag« treten auf einem Bahndamm in der Schlußszene die Geister dreier Verstorbener auf. Und zum Schluß sagt ein Geist: »Horch, waren das nicht Posaunen?«

Der Zweite antwortet darauf: »Nein, das war nur der Wind«, darauf der Dritte: »Das glaubst du ja selber nicht.«

Sphärenmusik setzt ein, und langsam fällt der Vorhang. Herrn Bader, dem Vorhangzieher, ist einmal beim Loslösen der Arretierung des Vorhangseiles beim Bücken einer ausgek ..., will sagen: was

Menschliches passiert. Nicht sehr laut, aber immerhin hörbar für die drei Schauspieler. Jetzt stellen Sie sich vor. Jetzt müssen die sagen: »Horch, waren das nicht Posaunen?«, der Zweite: »Nein, das war nur der Wind«, und der Dritte: »Das glaubst du ja selber nicht.«

Wer da ernst bleibt, ist wirklich konzentriert.

Klemperer war bei der Arbeit kein Mann der großen Worte. Fischer-Dieskau hingegen, der wunderbare Bariton, ein Mann der blumenreichen Sprache. Als sie gemeinsam das Requiem von Brahms für eine Platte aufnahmen, bat Fischer-Dieskau den Maestro: »Maestro, mir ist heute im Traum der Brahms erschienen, und er hat mir gesagt, diese nächste Stelle, die hat er sich eigentlich etwas langsamer gedacht. Sie würden mir einen großen Dienst erweisen, wenn sie etwas im Tempo nachgeben könnten. Es käme meiner Stimme und meinem Ausdruck sehr zugute.«

Darauf Klemperer: »Na, wenn Ihnen der Brahms das persönlich gesagt hat, dann bleibt mir nichts anderes übrig. Ich werde die Stelle langsamer nehmen, obwohl mir das keineswegs natürlich vorkommt. Aber bitte.« Und er dirigierte widerwillig die Stelle etwas langsamer.

Am nächsten Tag kam es wieder zur Probe. Bei der bewußten Stelle unterbrach Klemperer: »Hören Sie, Fischer. Stellen Sie sich vor. Mir ist heute auch im Traum der Brahms erschienen. Der kennt Sie gar nicht.«

Ein anderes Manöver in Israel. Fallschirmspringen. Schon im Flugzeug stehen alle bereit zum Absprung, darunter auch der Blau und der Grün.

Der Instrukteur erklärt: »Sie springen ab, zählen bis drei, dann ziehen Sie die rechte Leine am Gürtel. Darauf öffnet sich der Fallschirm. Tut er das – Gott behüte – nicht, was sehr selten vorkommt, dann ziehen Sie die linke Leine am Gürtel. Nachdem sich der Fallschirm geöffnet hat, werden Sie auf einer Wiese landen, dort stehen die Jeeps bereit, die Sie in die Kaserne bringen.«

Der Blau und der Grün springen ab, ziehen die rechte Leine. Kein Fallschirm öffnet sich. Die zwei ziehen schon etwas nervös die linke Leine. Kein Fallschirm öffnet sich. Im Sturz, nebeneinander, sagt der Blau zum Grün: »Schwören möcht ich, daß die Jeeps auch nicht unten stehen.«

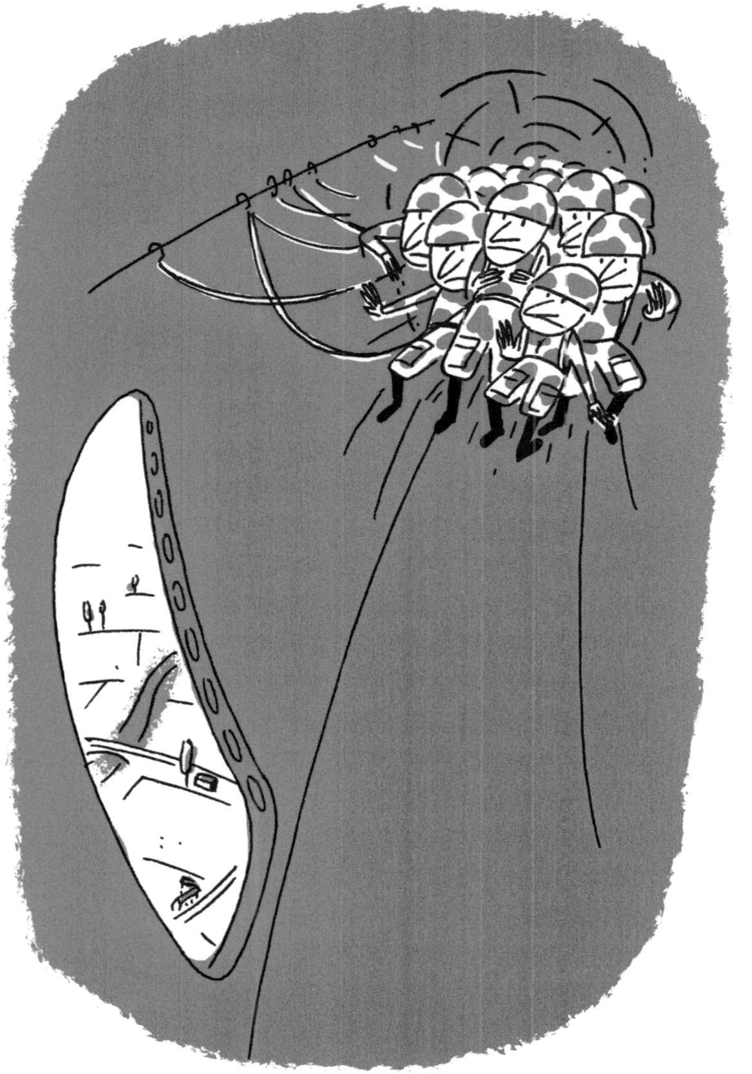

Im Volkstheater war es für die Schauspieler wie eine Strafe, im Weihnachtsmärchen mitzuspielen. Die Texte waren haarsträubend blöd, das Buch war nur schnell zusammengeschludert, Proben gab es viel zu wenig, kaum auf der Bühne, und alles war wie ein Ritt über den Bodensee. Oskar Wegrostek nahm sich mit großer, selbstloser Mühe des schweren Unterfangens an, spielte selbst die Hauptrolle, und erschwerend war auch noch, daß das ganze Weihnachtsmärchen von der Firma Julius Meinl gesponsert war, die am Schluß auf folgender Apotheose bestand: Es sollte die Dekoration hinten auseinanderfahren, eine weiße, engelsgleiche Gestalt auf einem Podium mit vielen Geschenken nach vorne gleiten. Und Wegrostek sollte ausrufen: »Wer ist's, den wir als Gast hier haben, das Christkind ist's mit seinen Gaben.« Ein Satz, den man schwer natürlich her-

ausbringt. Darauf sollten diese Gaben an die Meinl-Angestellten, die im Publikum saßen, verteilt werden.

Bei der Premiere hat der liebe Gott insofern ordnend eingegriffen, als die Dekoration klemmte und nicht auseinanderfahren konnte. Statt einsetzender Sphärenmusik hörte man hinten nur ein österreichisches Fluchen der Bühnenarbeiter. Angeblich soll man die Worte »Scheißdreck!« und »Arschlöcher!« bis ins Parkett verstanden haben. Ein Bühnenarbeiter hieb mit einem Hammer gegen die Arretierung, um das Auseinanderfahren doch noch zu ermöglichen.

Inzwischen war der Kopf von Oskar Wegrostek tiefrot angelaufen und geistesgegenwärtig dichtete der den Satz um: »Wer ist's, der an die Türe pumpert, das Christkind ist's mit seinem Glumpert.«

Auf der Straße geht ein Mann sehr verkrümmt, schleift die Beine hinter sich her, und jeder Schritt scheint ihm eine Qual zu sein. Hinter diesem Mann gehen zwei Professoren der Universitätsklinik.

»Sehen Sie, Kollege, der Herr vor uns, das ist ein typischer Fall von fortgeschrittener Spondilatrose.«

»Muß leider widersprechen«, sagt der andere, »ich halte es für eine fortgeschrittene schwierige Art von Parkinson. Das sehen Sie schon am Nachziehen des Beines und an der schwankenden, zittrigen Fortbewegungsart.«

»Das kann aber durchaus auch von der Spondilatrose kommen. Die kleinen, fast vorsichtigen Schritte und die leicht lateral gekrümmte Haltung sprechen dafür.«

Der Wortwechsel der beiden Kapazitäten fiel etwas zu laut aus, der Mann nämlich drehte sich um und sagte

höflich: »Meine Herren Professoren, wir haben uns alle drei geirrt.«

»Wieso denn alle drei?«

»Ich hab g'laubt, es wird a Furz und hab mich komplett ang'schmissen.«

In einer Gesellschaft geht es sehr angeheitert zu, und plötzlich bemerkt die Hausfrau, daß der Kaviar bald zu Ende gehen wird. »Du«, sagt der Ehemann zu seiner Frau, »wir können ruhig Schrotkörndl nehmen und sie unter den Kaviar mischen, das fällt nicht auf, sind ja eh alle schon sehr lustig.« Tatsächlich werden anstandslos die Schrotkörndln gegessen. Am nächsten Tag haben die Gastgeber doch ein schlechtes Gewissen und rufen einen Gast an. »Wie ist euch denn das Essen bekommen?« fragt der Gastgeber ängstlich. »Ausgezeichnet, nur merkwürdig: Wie ich in der Früh einen fahren lassen habe, habe ich meinen Kanari erschossen.«

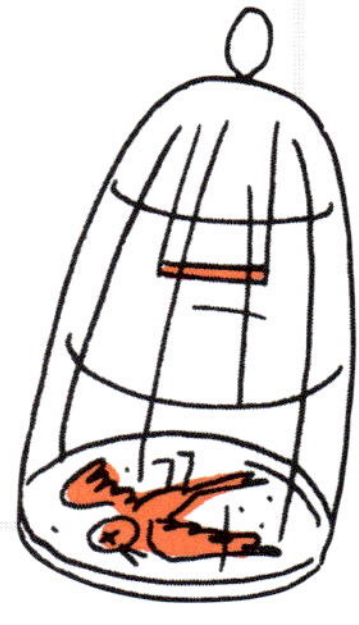

Bei einer überfüllten Party ist die Toilette immer besetzt. Der Hausfreund hält es nicht mehr aus, geht in den Wintergarten, und hinter einer Palme verrichtet er sein großes Geschäft. Zu seinem Erstaunen bemerkt er, wie er seinen Haufen eingraben will, daß dieser verschwunden ist. Er schreibt das seinem Schwips zu, ruft aber am nächsten Tag seinen Freund an und gesteht ihm die ganze Geschichte.

»Aha«, sagt der Freund, »also du warst die Sau, die auf meine Schildkröte geschissen hat.«

Zwei alte Herren stehen auf einer Wiese. Sagt der eine zum anderen: »Kannst dich erinnern, wie wir Kinder waren, auf dieser Wiese haben wir immer Weitpischen gespielt.«

»Das könnten wir zum Spaß ja heute wieder tun«, schlägt der andere vor. Sie machen sich bereit: »Eins, zwei, drei: Los.« »Oje«, sagt der eine, »jetzt habe ich mir auf die Socken gewischerlt.« Sagt der andere wehmütig: »Hast schon gewonnen.«

Während Blau mit zwei Freunden Karten spielt, stürzt der Grün bei der Tür herein. »Blau, du mußt nach Haus, deine Frau betrügt dich mit deinem besten Freund.« Blau stürzt nach Haus, kommt zurück, setzt sich ruhig wieder zum Kartenspiel und sagt: »Wir können weiterspielen. Es war ein Wildfremder.«

Bei Frau von Pollak ist ein feiner Gast zum Tee eingeladen. Als er keine Zuckerzange vorfindet, sagt er höflich zur Frau von Pollak: »Gnädige Frau, Sie sollten schon eine Zuckerzange besorgen, es kann ja immer passieren, daß jemand zwischendurch auf die Toilette muß und kommt zurück und muß den Zucker dann mit der Hand nehmen.« Als der feine Gast das nächste Mal wieder zum Tee kommt, sagt die Frau von Pollak stolz: »Sie werden zufrieden sein, die Zuckerzange liegt schon draußen.«

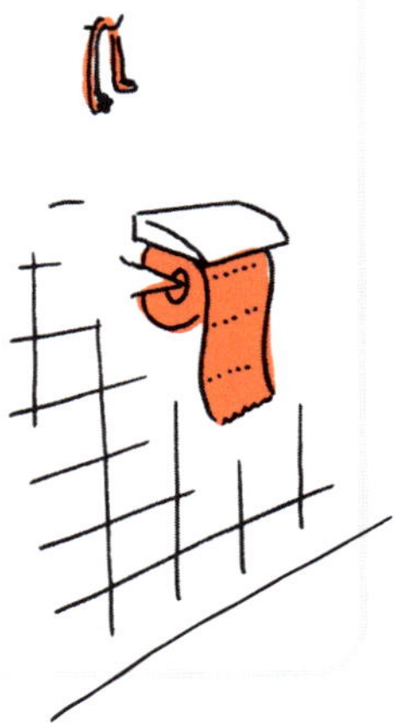

Frau Woproschalek trifft Frau Wokurka und schwärmt: »Gestern war ich auf einem Ball. Ich sag Ihnen, sowas von fein und nobel. Lüster, Parketten, Spiegel an den Wänden, eine Musik, prachtvolle Räume, ein Buffet, daß alles kracht, unbeschreiblich feine Menschen.« Die Frau Wokurka neugierig: »No, und wie waren die Toiletten?« »Das weiß ich nicht, gepischt haben wir im Hof.«

Auf Deck bei einer Kreuzfahrt sagt die Frau Wokurka zur Frau Woproschalek: »Sie haben das Nachthemd verkehrt an.« »Wieso, hab ich das Gestickte hinten?« »Nein, aber das Angeschissene vorn.«

Eine Erbtante wird erwartet.

Die Erbtante mit der sehr großen Nase.

Die Mutter ruft die Kinder zusammen und sagt ganz besorgt: »Kinder, die Tante Emma hat eine sehr, sehr große Nase, und sie ist sehr empfindlich, wenn man das bemerkt und darüber kichert. Sie kann ganz wild werden, wenn man das erwähnt oder länger hinschaut. Man darf sich auch nicht schneuzen oder Nasenbohren. Man muß so tun, als gäb's überhaupt keine Nasen. Sie könnte uns enterben, wenn auch nur ein Kind etwas Dummes sagt oder tut.«

Die Tante erscheint.

Die Nase ist wirklich ungeheuerlich. Aber die Kinder benehmen sich großartig. Sie schauen alle still vor sich hin, keiner wagt es, die Tante auch nur anzusehen. Man spricht über Belangloses.

Das Gespräch verstummt sehr bald.

Die Mutter wird immer nervöser,

weil einige Blicke der Kinder sich schon nasenwärts verirren.

Sie schenkt der Tante Tee ein und fragt sie geflissentlich: »Tante Emma, nimmst du Rum oder Milch in die Nase?«

Die Erbschaft war dahin.

Ein Mann findet auf der Kärntner Straße einen Pinguin. Er nimmt den Pinguin bei der Hand und geht zum nächsten Wachmann: »Ich hab da einen Pinguin gefunden, was soll ich mit ihm machen?«

»Na, ja gehen's mit ihm in den Zoo«, sagt der Wachmann.

»Ah, das ist gscheit, das hätt mir auch einfallen können.«

Am nächsten Tag sieht der Wachmann den Mann wieder mit dem Pinguin an der Hand auf der Kärntnerstraße gehen.

»Na, sagen Sie«, spricht er ihn an, »Sie haben doch gesagt, Sie gehen mit dem Pinguin in den Zoo.«

»Da waren wir gestern. Heut waren wir im Kino.«

Der Blau trifft den Grün.
»Wo warst du gestern?« fragt der Blau.
»Ich war in Tristan und Isolde.«
»Wie war's denn?«
»Naja, ma' lacht.«

Bei einem Schweizer Manöver fliegt der General mit einem ausländischen Inspektor im Hubschrauber über das Manövergebiet.

»Sehen Sie«, sagt der Offizier, »das da unten halten Sie sicher für einen Wald. Es sind aber meine Mannen, als Bäume getarnt. Die stehen in Erwartung des Feindes ganz felsenfest ruhig. Greifen erst im entscheidenden Moment ins Geschehen ein.«

Plötzlich rennt ein sogenannter Baum aus dem Wald heraus und davon.

»Den werde ich mir aber vorknöpfen«, sagt der Leutnant am Boden ärgerlich. »Sagen Sie, Schütze Meier, wie konnten Sie trotz des Befehls, Stand zu halten, plötzlich den Tarnwald verlassen?«

»Herr Leutnant«, antwortet Schütze Meier, »zuerst kam ein Hündchen, hob das Bein und pinkelte mich an. Da hab ich mit keiner Wimper

gezuckt. Dann kam ein Liebespaar und trieb es in meinem Schatten, auch da behielt ich eiserne Ruhe. Sogar als mir der Mann ein Herz in den Arsch schnitzte, hielt ich mich mannhaft an Ihren Befehl. Hierauf kamen zwei Eichhörnchen, kletterten an meinen Beinen hoch, und ich hörte sie wispern: Das eine Nüßli ißt du, und das andere Nüßli esse ich. Da wurde mir etwas mulmig. Als aber das ältere Eichhörnchen dann sagte: Den Zapfen in der Mitte wollen wir uns redlich teilen, – da, Herr Leutnant, da bin ich auf und davon.«

Ein reicher Texaner wird von einem Lord zu einer Fuchsjagd eingeladen. Dieser Lord weist ihn in die Regeln der Fuchsjagd ein und sagt: »When you see the fox, you give a sign and we'll hunt the fox.« Tatsächlich erblickt der Texaner den Fuchs als erster, und die Jagd nimmt ihren Lauf. Beim Heimreiten fragt der Texaner den neben ihm reitenden Lord: »Did I do everything all right?« Der noble Lord antwortet mit einem Pokerface. »Yes, Sir, it was perfect. There is only one little thing, which is different. When we see the fox, we say: Tally-ho, and not: There goes the motherfucker.«

Die Gebrüder Golz in Teplitz-Schönau stehen an einem heißen Sommertag vor ihrem Theater. Sie zählen ängstlich die spärlichen Besucher.

Es kommen zwei und gehen in das Theater.

Dann kommen drei heraus.

Sagt der eine Bruder Golz zum anderen: »Wenn jetzt noch einer kommt, is' leer.«

Ein mäßiger Boxer brüstet sich vor seinen Kollegen: »Nächste Wochen habe ich einen Kampf mit dem Scholz.«

Sagt der Kollege: »Das ist aber ein schwerer Gegner.«

»Kann schon sein, aber i hab a Konzept.«

»Ja, mein lieber Freund, der Scholz ... der Scholz, ist der Scholz.«

»Er kann schon der Scholz sein, aber i hab a Konzept.«

»Hör zu, seine Rechte ist mörderisch.«

»Die Rechte kann schon mörderisch sein, aber i hab a Konzept.«

»Was hast du denn für a Konzept?«

»I hau ihm eine in die Gosch'n.«

Aaron Herschel ändert seinen Namen, verleugnet seine jüdische Abstammung und tritt in einen amerikanischen Golfclub ein. Es ist ein WASP (White Anglosaxon Protestant)-Club, der selbstverständlich keine Juden aufnimmt. Bei seiner ersten Golfrunde hat er den ersten Abschlag, um ihm herum die sogenannten »rassereinen« Amerikaner. Aaron fetzt mit seinem Schläger ins Gras. Das spritzt nur so auf. »Oi weh«, entfährt es ihm. Mit hochrotem Gesicht blickt er in die Runde und fügt hinzu: „What ever that means.«

Ein Wiener spielt mit seinem Pfarrer Golf. Er verfehlt das Hole um ein paar Zentimeter. »Scheiße, daneben«, entfährt es ihm.

Hochwürden bittet ihn: »Lieber Freund, um mich herum sind viele Leute meiner Gemeinde, ich bitte Sie, derartige Ausdrücke zu unterdrücken.«

»Entschuldigen Sie, Hochwürden«, sagt unser Wiener schuldbewußt. Beim nächsten Mißgeschick schreit er aber wieder: »Scheiße, daneben.«

»Moderieren Sie sich doch«, sagt Hochwürden äußerst ärgerlich, »ich kann es mir nicht leisten, in Gesellschaft mit einem derartig Fluchenden wie Sie gesehen zu werden.«

»Es tut mir selber leid«, beteuert der Wiener verdattert. Doch beim nächsten Patzer derselbe Fluch: »Scheiße, daneben.«

»Lieber Freund«, sagt der Pfarrer mit drohender Miene: »Wenn Sie das noch einmal sagen, fährt aus dieser Wolke da oben ein Blitz auf Sie nieder. Ich warne Sie.«

Zitternd verspricht unser Wiener endgültig Besserung. Als ihm aber wieder ein »Scheiße, daneben« entfährt, donnert es ungeheuerlich, und aus der Wolke fährt ein Blitz hernieder und trifft den Pfarrer. Man hört nur noch aus der Wolke ein dumpfes Grollen: »Scheiße, daneben!«

In ein Lokal der Vorstadt kommt ein Mann und sagt zum Wirt: »Ich möcht einen Burgenländerwitz erzählen.«

Der Wirt, ein athletischer Riese, verfällt im Gesicht und sagt: »Lieber Herr, ich bin ein Burgenländer, und an dem Tisch dort sitzen zwei Herren, der eine ist Gewichtsheber und der andere Freistilringer. Beides Burgenländer! Wollen Sie wirklich«, fragt er, und sein Gesicht nimmt eine finstere Miene an, »einen Burgenländerwitz erzählen?«

»Nein«, sagt der Mann, »weil drei Mal will ich einen Witz nicht erklären müssen.«

Der Tempel in Tzsezow soll restauriert werden.

Die Gemeinde beschließt, daß jeder, der hineingeht, eine Krone in den Hut des Schames wirft, der an der Türe Wache hält.

Der kleine Moritz will in den Tempel und sagt zum Schames: »Bitte, ich will nur hinein, meinem Tate was ausrichten, ich komm gleich wieder heraus. Da muß ich doch keine Krone zahlen?«

Der Schames schaut dem Buben tief ins Auge, hebt drohend den Finger und sagt: »Ganef (Gauner)! Du willst beten!«

Mit einem Sack und einem Hasen will Grünstein über die Grenze. Der Zollbeamte fragt ihn: »Was ist in dem Sack?«

»Futter für den Hasen.«

»Machen Sie auf.«

Grünstein öffnet den Sack. Er enthält Kaffee.

»Entschuldigen Sie, das ist doch Kaffee«, sagt der Zöllner, »das frißt doch der Hase nicht.«

»Frißt er nicht«, sagt Grünstein, »kriegt er gar nichts.«

In einer katholischen Religionsstunde ergibt sich ein Problem. Der kleine Moritz ist mosaischen Glaubens. Da man für ihn keine Aufsichtsperson hat, bleibt nichts anderes übrig, als ihn in der katholischen Religionsstunde sitzen zu lassen. Der Katechet findet am Ende der Stunde, daß er sich auch an den kleinen Juden wenden sollte.

»Dir, lieber Moritz, will ich ein kleines Rätsel aufgeben: Es schwingt sich von Ast zu Ast und hat einen großen buschigen Schweif.«

Der kleine Moritz nach kurzem Nachdenken: »An und für sich würde ich sagen, ist das ein Eichkatz, aber wie ich Sie kenn, Herr Katechet, ist es das liebe Jesulein.«

Nach sechs Stunden Parzifal verläßt der Blau die Oper.

Es regnet in Strömen.

»Das auch noch«, sagt er seufzend.

Der linke Schächer sagt zum rechten Schächer am Kreuze hängend: »Schene Ostern san des heuer wieder!«

In eine Bank kommt ein Mann, geht ungeduldig zum Schalter und sagt: »Geben Sie mir zehntausend Schilling von meinem Konto, Sie Arschloch.«

Der Bankbeamte ist ganz perplex, geht zum Chef und sagt: »Ich weiß nicht, ob ich mir das bieten lassen soll, da kommt einer und sagt: Geben Sie mir zehntausend Schilling von meinem Konto, Sie Arschloch.« Auch der Chef ist erstaunt: »Na so was, haben Sie das Konto überprüft?«

»Ja, das habe ich«, erwidert der Beamte.

»Wieviel ist denn auf dem Konto?«

»Vierzig Millionen«, sagt der Beamte.

Darauf der Chef: »Na, dann geben Sie ihm doch die zehntausend Schilling, Sie Arschloch!«

Der Papst soll bei »Wetten dass« engagiert werden. Er behauptet, er erkennt vierzig Flugplätze am Geschmack.

Ich geb dir ein Rätsel auf, sagt der Blau zum Grün. »Da ist ein Fluß. Da steht der Hirsch auf der einen Seite. Und will auf die andere. Er darf nicht schwimmen. Er darf nicht springen. Er darf nicht durchwaten. Was macht er?«

»Das weiß ich nicht.«

»Er springt.«

»Darf er doch nicht!«

»Was willst du? Ein Hirsch.«

Der ärmste Schüler im Gespräch mit dem reichsten Schüler nach Weihnachten. Der ärmste: »Was hast denn kriegt?«

»Na ja«, antwortet der Reiche, »einen Bob, eine Schiausrüstung, ein Elektroauto zum Selberfahren in unserem Park, einen Laptop, eine Stereoanlage mit zwanzig CDs, ein Mountain Bike, die Harry-Potter-Bücheln, ein Sparbüchl mit zweitausend Euro, na ja, Schokolade und ein paar Kleinigkeiten, Surfbrett und eine Breitling. Und du, was hast denn du kriegt?«

Der ärmste Schüler: »Na ja, uns hat der Vater a Schleifen zum Rutschen vor die Tür g'schifft.«

»Kannst du mir hunderttausend Dollar verschaffen?«

»Woher denn.«

»Aha, Schilling wenigstens?«

»Keine Spur!«

»Geh sei so gut, borg mir tausend Schilling.«

»Hab ich nicht.«

»Hundert Schilling.«

»Nein, ich hab kein Geld.«

»Gib mir zwei Schilling zum Telefonieren.«

»Ich sag dir, ich hab kein Geld bei mir.«

»Hast du eine Zigarette?«

»Nein, ich rauch nicht.«

»Weißt was: Trag mich ein Stückl.«

Zu Franz Molnar kam einmal ein guter Freund, ein sogenannter guter Freund, und sagt: »Ferenč, ich warne dich, deine Frau schläft mit ganz Budapest.« Darauf unerschüttert Molnar: »Aber für Geld nur mit mir.«

Grünspan sagt zu seinem Sohn Moritz: »Heute ist Todestag von meinem Vater, ich gehe in den Tempel. Kein Mensch darf mich stören.«

»Auch nicht, wenn Getreide fällt auf 92«, fragt ihn sein Sohn.

»Auch nicht, wenn Getreide fällt auf 92.«

Im Tempel betet er mit verhülltem Gesicht in der ersten Reihe.

Getreide fällt auf 90.

Moritz wird unruhig.

Getreide fällt auf 85, 83, 80.

Endlich nimmt Moritz seinen Hut. Geht in den Tempel. Sieht seinen Vater im Gebet in der ersten Reihe. Zögernd flüstert er ihm ins Ohr: »Tate, Getreide is auf 80.«

»Erstens, hab ich dir nicht gesagt, ich will heut nicht gestört werden? Und zweitens ist Getreide im Tempel schon auf 78.«

Den Amerikanern ist das Bidet fremd. Ein Amerikaner fragt das Stubenmädchen: »Is this to wash the children in?«

»No, Sir, this is to wash the children out.«

Die Frau von Pollak zeigt voll Stolz die Porzellansammlung ihres Mannes. Der Gast ist ganz begeistert von einer Schüssel.

»Diese Schüssel ist wirklich wunderbar«, sagt er.

»Kunststück«, sagt die Frau Pollak, »es ist auch die Leibschüssel von meinem Mann.«

In der Schweiz verrichtet einer seine Notdurft auf der Straße. Ein anderer kommt hinzu und tut desgleichen. Darauf springt ein Polizist aus einem Versteck, geht zum zweiten hin und sagt: »Sie zahlen zwanzig Franken Strafe wegen Verunreinigung der Straße.«

»Ja, aber der Herr hat das gleiche getan und zahlt nichts. Wieso?«

Darauf der Polizist: »Das ist unser Lockvögeli.«

Der Blau sagt: »Ich laß jetzt mein altes Landhaus versichern auf Feuer und Hagel.«

Darauf der Grün: »Na gut, aber wie macht man Hagel?«

Zwei Schnecken treffen sich im Wald. Die eine hat ein blaues Auge.

»Von was hast denn das blaue Auge?

»Vom Joggen.«

»Na, und wie ist das passiert?«

»Ich jogg durch den Wald ..., auf einmal schießt ein Eierschwammerl vor mir in die Höhe!«

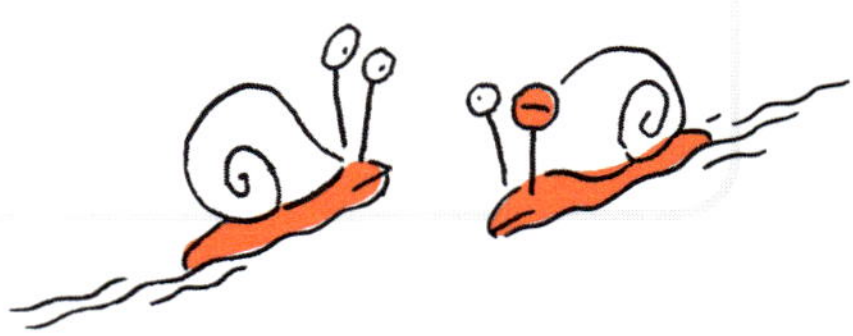

Ein Steirer arbeitet besonders langsam und fliegt deshalb überall hinaus. Eines Abends kommt er nach Haus und sagt: »Mi haben's wieder entlassen.« Er hat bei einer Gärtnerei gearbeitet. »Ja, sag einmal, Bub, was hast denn gearbeit?« fragt ihn die Mutter. »Schnecken klauben, hab i müssen«, antwortet er. »Des kann doch nicht so schwer sein«, jammert die Mutter. »Hast du eine Ahnung, Mutter! I bück mich ... husch, husch, husch ... weg waren's!«

Otto Klemperer war ein großartiger Dirigent. Nicht frei allerdings von einer, wenn auch berechtigten, Eitelkeit. Sein Manager, PR-Chef, Helfer, Beichtvater, kurz: sein ständiger ihn umsorgender Begleiter, war ein gewisser Mendelssohn. In London beschwerte sich Klemperer einmal: »Hören Sie, Mendelssohn, ich habe doch die Eroica aufgenommen, und in keinem Plattengeschäft liegt die Platte in der Auslage. Wer soll meine Platte kaufen, wenn Sie, Mendelssohn, sich nicht darum bemühen.«

»Aber Maestro«, sagt darauf Mendelssohn, »die Platte liegt überall auf, gehen wir ins nächste Plattengeschäft, und Sie überzeugen sich selbst.«

Im Plattengeschäft verlangt Klemperer die Dritte Beethoven, von Klemperer dirigiert.

»Sorry, Sir«, sagt der Verkäufer, »wir haben die Dritte Beethoven von Furtwängler, Beecham, von Solti, von Karajan natürlich, aber soviel ich weiß, hat Klemperer sie nie aufgenommen.«

Klemperer zutiefst verärgert: »Er hat sie aufgenommen. Und wissen Sie, warum ich das weiß? Ich bin Klemperer.«

»Entschuldigen Sie, Sir«, lächelte der Verkäufer, »wenn Sie Klemperer sind, dann ist dieser Herr hier Beethoven.«

»Nein, das ist der Mendelssohn«, korrigiert wütend Otto Klemperer.

Im Pissoir steht ein Kleiner neben einem großen Dicken. Sie verrichten ihr kleines Geschäft. Der Kleine zwinkert ununterbrochen. Fragt ihn der Große. »Haben Sie ein Augenleiden?« »Nein«, sagt der Kleine zwinkernd, »aber Sie spritzeln so.«

Der Hawlitschek liegt mit der Frau seines Freundes im Bett. Unversehens kommt Hawlitscheks Freund vorzeitig nach Hause. Hawlitschek rettet sich in den Kasten seiner Geliebten. Sie verkriecht sich nackt im Bett. Der Ehemann kommt bei der Tür herein, sieht seine Frau und fragt erstaunt: „Was machst du denn da nackt im Bett?«

»Ich hab doch nichts zum Anziehen«, stottert sie verlegen.

»Geh, ich bitte dich, du hast nichts zum Anziehen!« sagt der Ehemann und reißt den Kleiderkasten auf.

»Da ist das Grüne, da das Blaue, da das Rote, grüß dich Gott, Hawlitschek, und da ist das Braune.«

Die Frau von Pollak führt ganz stolz einen Ehrengast durch ihre neue Wohnung.

»Schauen Sie Exzellenz, hier ist das Zimmer im Tarock-Stil, den Salon haben wir im Louis Seize, dem XV. gehalten. Hier im Brüder-Meier-Stil ist mein Schlafzimmer, und da beginnt sofort die Flucht meines Mannes.«

Der Sohn des Rabbiners läßt sich taufen. Das geht dem alten Mann so nahe, daß er beschließt zu sterben. Er kommt in den Himmel, trifft den lieben Gott, der ihn fragt: »Wieso bist du gestorben?«

»Ach, Herr, mein Sohn hat sich taufen lassen.«

»Kränk dich nicht«, sagt der liebe Gott, »mein Sohn hat sich auch taufen lassen.«

»Was hast du gemacht, lieber Gott?«

»Ein neues Testament.«

Es kommt einer in die Hölle. Gleich bei der Ankunft serviert man ihm Cocktails und Kaviarbrötchen sowie Champagner. Ein bildschönes Mädchen führt ihn in sein Zimmer. Eine höchst elegante Suite mit wunderschöner Aussicht auf einen Park. Ein eleganter Teufel, fast nicht als solcher erkennbar, geleitet ihn in den Park, ein prachtvoller englischer Garten. Sie lustwandeln entlang einer Mauer, an der einen Seite – fast unscheinbar – ist eine alte Eisentüre. Dahinter hört man Stöhnen und Jammern, gequälte Schreie und Röcheln. Durch eine kleine Öffnung riskiert unser Neuankömmling einen Blick. Da sieht er geteerte Menschen in heißem Öl, schmorende Leiber, sieht peitschende Satane wild auf Menschen einschlagen. Er wendet sich ab von diesem Grauen und fragt seinen Begleiter, den eleganten Teufel: »Was ist denn das da drüben?«

Etwas verlegen sagt der Teufel: »Das ist für die Katholiken. Die wollen das so.«

In einem halbverfallenen Landhaus zeigt der Blau dem Grün seinen neuen Feuerlöscher.

»Was ist da drin in dem Behälter?« fragt der Grün.

»Was früher drin war, weiß ich nicht, jetzt Benzin.«

Ein Burgenländer wird aufs Kommissariat geführt. Dort macht man mit ihm eine Haar- und Hautprobe, eine Speichelprobe und noch verschiedene andere Proben.

Er fragt besorgt: »Warum macht's ihr denn das mit mir?«

Die lakonische Antwort: »Wir suchen einen Vergewaltiger.«

Nach den ganzen Prozeduren wird er entlassen. Es vergeht kaum eine Viertelstunde, da klopft er wieder beim Kommissariat an, tritt ein und sagt: »Meine Herren, ich hab mir's überlegt, ich mach's!«

Ein Amerikaner, ein Russe und ein Schweizer sitzen beim Schnaps. Der Russe beginnt prahlerisch zu erzählen: »Wir in Rußland haben gezüchtet Mais. Die Kolben waren so groß, daß zwei Leute einen Maiskolben haben tragen müssen.«

Darauf beginnt der Amerikaner: »We in Amerika haben ein Cauliflower. Drei Familien könnten sich satt essen an einem Cauliflower.«

Endlich erzählt auch der Schweizer: »In unserem Dörfli gibt es einen Mann, der hat ein Glied, auf dem können sechs Spatzen sitzen.«

Nach ein paar weiteren Schnapsrunden kommt ein gewisses Wahrheitsbedürfnis in unsere Runde. Es beginnt der Russe: »Ich muß ehrlich sein. Maiskolben ist groß, aber nicht so. Großer Kolben, aber nicht besonders groß.«

Auch der Amerikaner findet zur Wahrheit: »Well, I would say, my Cauliflower is big, bigger as normal, aber nicht so, wie ich gesagt.«

Da lenkt auch unser Schweizer ein. »Wenn die Herren so ehrlich sind, will ich nicht hintanstehen. Um der Wahrheit die Ehre zu geben, der sechste Spatz sitzt nicht sehr bequem.«

Die Amerikaner bilden einen GI zum Spion aus. Er lernt perfekt Russisch, den sibirischen Dialekt, muß russische Volkslieder wie ein Einheimischer singen können. Übt monatelang: Krakoviaktanzen, wie man Machorkas hält, lernt genau, wie man sich benimmt. Er wird authentisch eingekleidet und über Sibirien nächtens abgeworfen. Er verbrennt seinen Fallschirm und geht in die nächste Kneipe. »Strastwidie towarischi«, ruft er in meisterhaftem Russisch an der Türe.

Sofort tritt ein alter sibirischer Russe zu ihm hin und sagt ihm auf russisch: »Du kein Russe.«

»Kak, ja Ruski«, schreit unser Ami, springt auf den Tisch und tanzt einen Krakoviak.

»Du kein Russe«, sagt wieder einer.

»Ich Russe«, sagt der Ami und trinkt ein Glas Wodka ex. »Wodka otschin charascho.«

»Du kein Russe«, sagt ein alter Sibirer.

»Warum ich kein Russe?« fragt der Ami.

Der alte Russe antwortet: »In Sibirien keine Neger.«

Moische schwärmt von seinem Wunderrabbi.

»Das war was mit meinem Rebben, das hab ich gesehen mit die eigenen Augen. Da kommt einer zu ihm, zum Rebben mit nur an Fuß. Das hab ich gesehen mit die eigenen Augen. Der Rebbe stellt sich hin. Der mit nur an Fuß stellt sich auch hin. Das hab ich gesehen mit die eigenen Augen. Der Rebbe sagt: Werf weg die linke Krück, – der Mann wirft weg die linke Krück. Der Rebbe sagt: Werf weg die rechte Krück, – der Mann wirft weg die rechte Krück.«

»No«, sagt der Zuhörende, »ist ihm gewachsen der zweite Fuß?«

»Das nicht«, sagt Moische, »aber den andern hat er sich auch noch gebrochen.«

»Entschuldige, was ist das für ein Wunder?«

»Ein Wunder ist es kan's, aber gesehen hab ich's mit die eigenen Augen.«

Isaak kommt zum Rabbiner.

»Rebbe«, sagt er, »ich hab hundert Hühner, es sind mir gestorben zehn. Was soll ich machen?«

»Gib mir das grüne Buch herunter«, sagt der Rebbe. Er studiert das besagte Buch intensiv. »Weißt du was, füttere die Hühner mit Hirse.«

Nach einer Woche kommt Isaak wieder.

»Rebbe, mir sind weitere fünfzig Hühner gestorben, was soll ich machen?«

»Gib mir das grüne Buch noch einmal.« Nach einiger Zeit: »Weißt du was, füttere sie mit Mais, die Hühner!«

Nach einer Woche kommt Isaak wieder verzweifelt: »Rebbe, ich hab nur mehr zehn Hühner.«

»Das grüne Buch bitte. Weißt du, was, füttere sie mit aufgequollenem Reis.«

Total erledigt kommt Isaak das nächste Mal zum Rabbiner:

»Rebbe, alle Hühner sind tot. Ich hab keine Hühner mehr.«

Darauf der Rebbe: »Schad, Ezes (Ratschläge) hätt ich noch gehabt.«

Streiten sich drei Juden, wer den größten Wunderrabbiner im Dorf hat. »Unser Rebbe«, beginnt einer, »ist gegangen zu einem Fluß. Dort war die Brücke überschwemmt. Der Rebbe stellt sich hin, hebt die Hände. Sagt nur: Brück hin, Brück her, das Wasser geht zurück, und ungehindert kann man hinüber.«

»Das ist gar nichts«, sagt der Zweite. »Wir wollten auf a Insel, es war aber Flut. Unser Rebbe stellt sich hin, sagt: Flut hin, Flut her! Weg war die Flut, und wir sind auf die Insel.«

»Da werd ich euch erzählen, wie unser Rebbe ist«, fangt der Dritte an. »Ich hab müssen nach Cernovicz am Schabes. Wo wir Juden doch nicht reisen dürfen am Schabes. Ich geh zum Rebben, jammer ihn an: Rebbe, ich muß nach Cernovicz. Heut ist Schabes. Ich muß aber heut noch hin! Der Rebbe sagt nur: Schabes hin, Schabes her, fahr nach Cernovicz.«

Das Telefon läutet.

»Entschuldigen Sie, ist dort bei Rothschild?«

»Gott! Sind Sie falsch verbunden.«

Ein neunzigjähriges Ehepaar geht zum Scheidungsanwalt.

»Wir wollen uns scheiden lassen!« –

»Ja, um Gottes willen, warum denn?« fragt der Anwalt.

»Wissen's, Herr Doktor, wir haben uns nie vertragen.«

»Na, wie alt sind Sie denn?«

»Mein Mann ist dreiundneunzig, und ich wer im Feber neunzig.«

»Ja, aber warum wollen Sie sich denn jetzt noch scheiden lassen?«

»Wir haben gewartet, bis die Kinder alle tot sind.«

Im jüdischen Restaurant beschwert sich einer beim Kellner: »Sie, das Sauerfleisch ist aber nicht sauer genug.«

»Entschuldigen Sie«, sagt der Kellner, »das sind doch Mohnnudeln.«

Darauf der Gast: »Pardon, für Mohnnudeln sind sie sauer genug.«

Der alte Lewi liegt im Sterben. Er ruft seine Frau zu sich.

»Sarahleben, die goldene Uhr kriegt der Sami.«

»Der Sami«, sagt die Sarah, »die hat doch der Moritz so gern gehabt.«

»Also gut, der Moritz. Von mir aus.«

»Das Bild im Speisezimmer gibst du der Rebecca.«

»Das hätt ich aber so gern«, sagt die Sarah.

»Also gut, kriegst du das Bild«, knurrt Lewi schon etwas unwirsch.

»Den Pelz, meinen Pelz soll aber haben der Moritz.«

»Der hat doch schon die Uhr, den Pelz gib dem Sami«, sagt die Sarah.

Der Sterbende wütend: »Hör zu Sarah, sterb ich oder du!«

Ein reicher Mann wird begraben. Sechs schwarze Rappen ziehen einen prächtigen Wagen. Fünf Wägen mit Kränzen folgen dem Leichenwagen. Danach spielt eine große Kapelle einen Trauermarsch. Ein endloser Leichenzug von Trauernden, darunter der Blau und der Grün. In einer Stille sagt der Blau leise zum Grün: »Das lebt sich.«

Nächste Woche geh ich am Neusiedlersee wasserschifahren.«

»Am Neusiedlersee?« fragt der andere. »Ist der steil?«

Es gibt einen alten Aberglauben. Das Verschauen während einer Schwangerschaft. Zum Beispiel, wenn eine werdende Mutter zu lange ein Pferd betrachtet, könnte das Kind ein Pferdegesicht bekommen. Oder wenn man in eine Tinte schaut, kriegt das Kind schwarze Augen.

Der Franz Smetlak äußert sich empört über diesen Aberglauben. »Meine Mutter«, erzählt er, »ist mit mir schwanger gewesen, hat einen Plattenspieler unterm Arm getragen und einen Pack Platten unter dem anderen. Stolpert, fällt hin, die Platten hatten alle einen Sprung, und sagt selber, hat mir das was geschadet, geschadet, geschadet, geschadet ...«

Der kleine Franzi vom Land fährt mit seinem Vater mit der Straßenbahn über den Ring.

»Vater, was ist denn das?« fragt er beim Parlament.

»Das weiß ich nicht«, sagt der Vater.

»Beim Rathaus dieselbe Frage: »Was ist das, Papa?«

»Das weiß ich nicht.«

Dito bei der Votivkirche.

»Und was ist das?«

»Das weiß ich nicht.«

Der kleine Franzi: »Vater, stört's dich, wann ich dauernd frag?«

»Nein, Franzi, warum denn? Frag nur, daß du was lernst.«

Ein Burgenländer sagt: »Ich fahr jetzt nach England.«

»Mit dem Schiff?« fragt der andere.

»Nein, mit dem Auto.«

»Aber dort ist ja Linksfahren.«

»Daran gewöhnt man sich.«

»Na, glaub mir, daran gewöhnt man sich nicht. Ich wollt auch einmal nach England mit dem Auto. Ich hab links fahren probiert von Eisenstadt nach Wien. Eine Katastrophe!«

Ein Ungar sitzt in der Eisenbahn in einem Coupe mit einem Wiener. Er fragt: »Bittärschön, ist das jetzt Grenzstation?«

»Ja, das ist die Grenzstation.«

»Kollosal, wieviel hier gevögelt wird!«

Der Wiener wundert sich. Nach einiger Zeit fragt der Ungar wieder: »Bittärschön, ist das hier Bruck an der Leitha?«

»Ja, das ist Bruck an der Leitha.«

»Kollosal, wieviel hier gevögelt wird.«

Der Wiener knurrt etwas Ärgerliches vor sich hin. Der Zug fährt in Wien ein. »Sind wir hier in Wien angelangt?«

»Ja, wir sind in Wien angelangt.«

»Kollosal, wieviel hier gevögelt wird.«

Da platzt dem Wiener der Kragen: »Entschuldigen Sie, Sie kennen weder das Land noch die Leute. Wissen nicht, wo wir sind. Wie können sie behaupten, daß da so kollosal gevögelt wird?«

Darauf der Ungar: »Liebär Freund, weil überall kollosal viel gevögelt wird.«

Zwei Schnorrer treffen sich, sagt der eine: »Du, beim Rothschild ist es auch nicht mehr so, wie es einmal war, er spart schon bedenklich. Ich war neulich bei ihm bei einem Kammermusikabend, da haben schon zwei auf einem Klavier gespielt.«

PIPER

Bruno Jonas

Gebrauchsanweisung für Bayern

180 Seiten. Gebunden

Wo liegt Bayern? Wer lebt dort? Franken, Schwaben, Oberpfälzer, Allgäuer, Bayern, Zugereiste? Was hat es mit dem Vielvölkerstaat Bayern auf sich? Wie setzt sich das Volk der Bayern zusammen, und wer darf sich Bayer nennen? Stimmt es, daß die Lieblingsbeschäftigung der Bayern Fingerhakeln, Schuhplatteln und – Granteln ist?
Bruno Jonas, scharfzüngiger Kabarettist und Niederbayer, legt seine besondere Beziehung zum Land der Zwiebeltürme und Schweinshax'n, der glitzernden Seen und saftiggrünen Buckelwiesen, der Barockklöster und Biergärten dar – logisch, daß dabei Kultstars wie König Ludwig und die Dreifaltigkeit CSU, BMW und FCB nicht fehlen dürfen.

01/1060/01/R

PIPER

Willy Brandt
Lachen hilft

Politische Witze. Herausgegeben von Brigitte Seebacher-Brandt. 157 Seiten. Serie Piper

Manchmal waren es die Speisekarte eines Staatsbanketts, oder irgendwelche Notizzettel oder auch aus Büchern herausgerissene Schnipsel – Willy Brandt hielt ständig fest, was ihm an politischen Witzen begegnete. Immer war er auf der Suche nach neuen, befragte seine Gesprächspartner – und erprobte sie auch am Publikum, indem er sie weitererzählte. Um sie zu veröffentlichen, hatte er sich schon eine Gliederung überlegt, entlang seines eigenen politischen Lebens: Witze zur Exilzeit, zu Krieg und Nationalsozialismus, zur SPD, zu Bundesrepublik und DDR, zur Weltpolitik zwischen den großen Blöcken.
Seine Frau Brigitte Seebacher-Brandt hat das Konvolut gesichtet und die besten Witze ausgewählt, unter dem Motto, das Willy Brandt vorgegeben hatte: Was immer auch passiert, welche seltsamen Dinge einem im Leben begegnen: Lachen hilft!

01/1301/01/R

PIPER

Radek Knapp
Papiertiger

Eine Geschichte in fünf Episoden. 152 Seiten. Gebunden

Nach seinem filigranen Roman »Herrn Kukas Empfehlungen« erzählt Radek Knapp auch in seinem neuen Buch die Geschichte eines tragikomischen, zutiefst sympathischen Helden, der auf der Suche nach seiner Berufung ist.
Aber was fängt man an, wenn man die ersten zwei Jahrzehnte seines Lebens sorglos zugebracht hat? Walerian folgt seiner Intuition, die ihm dringend vom eingeschlagenen Astronomiestudium abrät. Vielleicht sollte er schreiben? Angesichts besorgniserregender Finanzen arbeitet er einstweilen als Krankenpfleger und Weihnachtsengel, »weiß Gott, warum er sich so entschieden hatte«. Bis eines Tages das Kuvert eines Verlegers in seinem Briefkasten liegt, sein Manuskript sei großartig. Damit ändert sich Walerians Leben schlagartig: Kein Glücksritter würde die Gunst der Stunde und die schöner Bewunderinnen ausschlagen! Aber ist der Erfolg Walerians wahre Berufung? – »Papiertiger«, die Geschichte eines Optimisten, der vorübergehend zum Pessimisten wird.

01/1258/02/R